ELOGE

DE

MALESHERBES.

BLOIS ,

CHEZ AUCHER-ELOY, LIBRAIRE,

GRANDE-RUE, N° 35.

ELOGE

DE

MALESHERBES,

PAR M. Cl. Ph. DUPLESSIS.

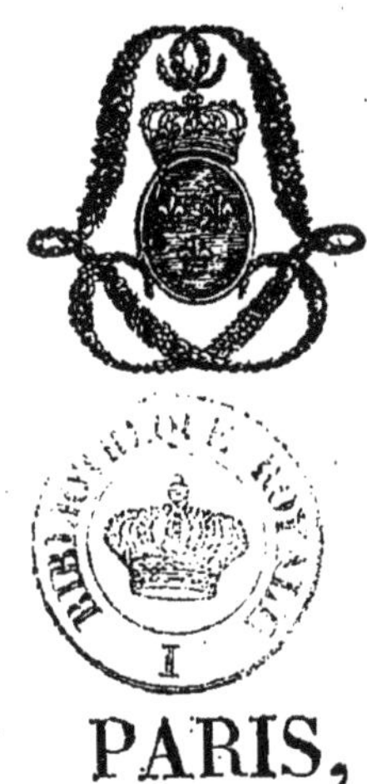

PARIS,

CHEZ DELAUNAY PALAIS-ROYAL,
GALERIE DE BOIS, Nº. 243.

A Monsieur le Baron BARRAIRON, Offi-
cier de la Légion-d'Honneur, Conseiller
d'Etat, Directeur général de l'Enregistre-
ment et des Domaines et Forêts.

Monsieur le Baron,

S'il est encore un plus beau spectacle que la
vertu aux prises avec le malheur, c'est celui de
l'homme de bien affrontant la mort pour secou-
rir l'infortune.

Malesherbes a porté au plus haut degré ce
noble dévouement, et son nom n'est prononcé
qu'avec une profonde vénération chez tous les
peuples civilisés.

J'ai essayé de peindre les principaux traits de
la vie de ce grand homme (1).

Je suis resté, sans doute, bien au-dessous de
la tâche que je m'étais imposée; mais, M. le Baron, le goût exquis, et les sentimens généreux
qui vous distinguent si éminemment, m'assurent

____

(1) Je n'ai pas pu soumettre mon Ode au concours.

que le choix du sujet me donnera au moins des droits à votre indulgence. C'est sur elle que je compte en vous offrant l'hommage de cette faible production.

Daignez agréer, en même temps, le profond respect avec lequel je suis,

Monsieur le Baron,

Votre très-humble et très-obéissant serviteur,

DUPLESSIS.

ÉLOGE

DE MALESHERBES,

___

Auprès du Dieu de l'harmonie,
Toi qui siéges au mont sacré;
Par tes vers enfans du génie
Soudain je me sens inspiré.
Modèle de nos grands poëtes,
Fameux Rousseau, des saints prophètes
J'éprouve avec toi les transports.
Je chante la vertu sublime,
Qui pour la royale victime
Tenta d'héroïques efforts.

Moi qui de la démagogie
Abhorrai toujours les excès,
Je puis faire l'apologie
Du plus généreux des français;
Heureux si je venge ses mânes,
Que par des éloges profânes

Outrage un système infernal, (1).
Il est signalé le complice
Des monstres qui de son supplice
Prononcèrent l'arrêt fatal !

Ah ! de ces louanges funestes,
Malesherbes, console-toi,
Alors qu'aux demeures célestes
Monte un héritier de ton Roi,
Il partage ta destinée.
Vois la faction acharnée
Contre la race des Bourbons.
Sous son fer le plus jeune tombe (2),
Et la voilà qui sur sa tombe
Exhale des regrets profonds.

Tel l'affreux crocodile pleure
Sur le cadavre ensanglanté
Du malheureux qu'à la même heure
Vient d'égorger sa cruauté.
Ou tel un sénat qu'on renomme,
Érige au fondateur de Rome

---

(1) Les apologistes de la révolution affectent de présenter
Malesherbes, comme un de ses promoteurs.

(2) Le Duc de Berry assassiné le 13 février 1820.

Un autel au lieu d'un tombeau ;
Tandis qu'à la foule inconstante,
De sa chair encore palpitante
Chaque toge cache un lambeau.

Des doctes filles de mémoire,
Lâches imposteurs, le burin
Dans mes chants gravera sa gloire
Mieux que sur des tables d'airain.
Apprenez qu'en la France ingrate
S'il sut vivre comme Socrate,
Comme Socrate il sut mourir.
Oui, je vais peindre sa belle âme ;
Écoute et rougis, tourbe infâme,
Si toutefois tu peux rougir.

D'une famille antique illustre
Malesherbes est descendu ;
Mais il lui donne un nouveau lustre
Grâce à sa précoce vertu.
Encor dans la fougue de l'âge,
Qui pour ordinaire appanage
N'offre que la frivolité ;
Il veut déja de la patrie
Objet de son idolâtrie,
Assurer la prospérité.

Il connait les vastes ressources
De ce commerce audacieux,
Qui du Pactole ouvre les sources
Pour les mortels industrieux.
De mille nefs couvrant les ondes,
L'intérêt entre les deux mondes
Etablit d'utiles rapports ;
Et de l'un à l'autre hémisphère
Invite les peuples à faire
Un échange de leurs trésors.

Mais il croit que l'agriculture
Des empires fait le bonheur,
Et que plus près de la nature
L'homme est plus fidèle à l'honneur.
Sa voix ne cesse de le dire :
Un état qui sait se suffire
Soutient plus dignement ses droits :
Et les épis de Triptolême
Forment le plus beau diadème
Qui puisse orner le front des Rois.

Dirigeant les travaux des sages (1)
Voués au culte de Cérès,

____

(1) Turgot, Dupont de Nemours et autres économistes.

Il n'en voit pas moins les orages
Sur la France à fondre tous prêts:
D'insensés ou traîtres ministres
Par des combinaisons sinistres
Veulent détruire les grands corps (1);
Qui par leur juste résistance
Modérateur de la puissance
En affermissent les ressorts.

Sa plainte monte jusqu'au trône
Le plus brillant de l'univers,
Où s'assied un Roi qu'environne
Un essaim de flatteurs pervers.
Le prince perçant les ténèbres
Qui prêtent leurs voiles funèbres
Au plus horrible des complots,
Appelle à lui l'astre fidèle (2)
Qui vient dans cette nuit mortelle
De clarté répandre des flots.

O France trois fois fortunée,
Si près de cet autre Henry,
Assez long-tems la destinée
Eût fixé le nouveau Sully !

---

(1) Les parlemens.
(2) Nomination de Malesherbes au ministère.

Mais de son éclatant mérite,
L'envie avec fureur s'irrite
Au sein d'une perfide cour:
Et noircit sa candeur céleste;
Qui dans une époque funeste (1)
Se montrera dans tout son jour.

Par un astucieux silence,
Composant avec le pouvoir,
Il ne sait pas mettre en balance
Son intérêt et son devoir.
Au conseil de son maître il tonne,
Sans que même un moment s'étonne
Son âme exempte de terreur.
Au Monarque plein de colère,
Il aime encore mieux déplaire
Que caresser sa triste erreur.

Jamais le sage ne regrette
Des hauts rangs la fragilité,
Il va jouir dans la retraite
D'une douce tranquillité.
Mais avant de quitter la scène
Où la vertu produit la haine,

----

(1) Quand Louis XVI sera mis en jugement.

L'incorruptible Lamoignon
De Louis veut qu'en sa présence
Un grand acte de bienfaisance
Ait immortalisé le nom.

Que de familles exilées
Par le décret le plus fatal (1),
A sa prière rappelées
Reviennent sur le sol natal!
De milliers d'artisans utiles
On voit se repeupler nos villes,
Veuves de tant de citoyens.
Ils bénissent la tolérance
Qui leur ouvrant enfin la France
Leur rend leurs autels et leurs biens.

Oui, c'est à toi que sacrifie
Cet athlète de l'équité,
O divine philosophie
Que révérait l'antiquité.
Son noble et pur génie est digne
D'égaler de Cambray le cygne (2).

---

(1) Révocation de l'édit de Nantes.

(2) Fénélon enseigna la vraie morale dans son Télé-
maque.

Qui fit aimer tes douces lois,
Et vers tes sphères éternelles
De Meaux l'aigle étendant ses ailes (1),
Et dans son vol guidant les Rois.

Mais il déteste la furie
Qui se masquant sous ton saint nom,
Et de pleurs et de sang nourrie
S'arme du glaive et du poison.
Ardente à détruire les trônes,
Sur la Thiare et les couronnes
Elle jette un regard jaloux,
Et son audace téméraire
Voudrait jusqu'en son sanctuaire
Contre Dieu diriger ses coups.

Semant le deuil et les ruines
Chez les peuples qu'elle a séduits,
Dans les discordes intestines
Elle cueille ses plus beaux fruits.
On la reconnait à ses œuvres;
Toujours de livides couleurs,
Surmontent son sanglant cimier

---

(1) Et Bossuet dans ses oraisons funèbres et son discours
sur l'histoire universelle.

Et frappant les Rois à la tête ;
Des mains de Cromwel elle apprête
Le billot de Charles premier.

Depuis plusieurs siècles la France,
Coulant des jours clairs et sereins,
Adore avec reconnaissance
Le sceptre de ses souverains ;
D'y voir la liberté publique (1)
Tempérer le joug monarchique ;
La mégère pâle d'horreur,
A ce peuple en gloire, en génie,
Digne émule de l'Ausonie,
Veut inoculer sa fureur.

Elle vous tire du Tartare
Fléaux de la société,
Ambition froide et barbare ;
Et toi, cynique impiété,
Au palais de ses rois, Lutèce,
D'une populace maîtresse,
Avec stupeur voit les haillons (2).

____

(1) Journées des 5 et 6 octobre.

(2) Les parlemens des Etats-Généraux formaieut le
contre-poids de l'autorité.

Sur la mer, quand l'orage gronde,
Telle de la plaine de l'Onde
L'écume blanchit les sillons.

Aux royales mains dort la foudre,
Dont l'Eternel en ses décrets
Les arma pour réduire en poudre
L'orgueil des rebelles sujets.
Grâce à l'excès de la clémence,
Plus criminelle leur démence
Crée un vil et félon sénat
Qui foule aux pieds le diadème,
Et s'arroge le droit suprême
De juger le chef de l'Etat.

Du roi le plus puissant du monde,
Ah ! combien le sort a changé !
Dans quelle infortune profonde
Il se voit tout à coup plongé !
Des Français qu'il ouit naguère,
Le saluer du nom de père,
Voudraient à l'envi l'immoler.
Que dis-je ? Sans rougir de honte,
Ils osent lui demander compte
Du sang qu'il n'a point fait couler !

L'adversité, Monarque auguste ,
Adoucit pour toi sa rigueur ,
Alors qu'au temple accourt le juste
Brûlant d'être ton défenseur.
Tant que te sourit la fortune ,
Il crut sa présence importune
A tes frivoles courtisans.
En ta déplorable disgrâce ,
Auprès de son maître est sa place :
Il te consacre ses vieux ans.

Mais en vain mû par un saint zèle
Des hommes d'Etat ce Nestor,
A Tronchet demeuré fidèle (1)
Spontanément s'unit encor ;
Et le magnanime Desèze ,
Aux défenseurs de Louis seize ,
Prète sa jeune et mâle voix
Qu'invoque leur sage vieillesse ,
Se défiant de sa faiblesse
Pour sauver le meilleur des Rois.

« Ciel ! un seul suffrage décide
« Le destin du royal martyr !

––––––––––––––––––––

(1) Turgot refusa de défendre le Roi, Tronchet remplit
ce périlleux devoir.

« Un de moins et du régicide
« La France n'eût pas dû rougir !
« L'arrêt inique et sacrilége
« Le dépouillant du privilège
« De l'inviolabilité,
« Le met hors la loi tutélaire (1)
« Qu'à proclamer on vit se plaire
« Les soutiens de l'humanité.

Ainsi leur parle Malesherbes.
Ses cheveux blancs et son aspect,
A ces démagogues superbes
N'ont point commandé le respect.
Ils demeurent sourds à la plainte
Qu'exhale d'une voix éteinte
De l'infortune ce héros,
Dont l'audace à la France entière,
Pour Louis comdamné vient faire
Un appel contre ses bourreaux.

Malheureux ! il faut qu'il revoie
le Prince après ce vain effort.
Les pleurs où le vieillard se noie
A Louis apprennent son sort ;

---

(1) Institution du Jury.

Mais n'écoutant que sa tendresse,
Sur son cœur le monarque presse
L'ami non moins infortuné.
Hélas! il console lui-même
Celui qu'à sa douleur extrême
On prendrait pour le condamné.

Modèle des sages, fais trève
A ces sentimens douloureux.
Va, de succomber sous le glaive
Ton Souverain est trop heureux.
A la mort pusses-tu le suivre!
Mais non, tu dois encore vivre
Et voir (quel spectacle d'horreur!)
L'affreux prélude du carnage
Où la vertu, le sexe et l'âge
N'attendriront point la fureur.

Pour des monstres couverts de crimes
L'aspect du juste est importun.
Avec tant d'illustres victimes
Son sort devait être commun.
Le vénérable patriarche,
Au trépas avec les siens (1), marche

____

(1) Presque toute sa famille périt avec lui sur l'échafaud.

Le front plein de sérénité.
A la joie il semble renaître ;
Il sent qu'il va joindre son maître ;
Et vole à l'immortalité.

Ton attente n'est pas trompée,
Malesherbes, en ce moment ;
Toute la France est occupée
A t'élever un monument.
Jouis en la voyant heureuse ;
Grâce à la bonté généreuse
Des Bourbons qui brisent ses fers,
Et surtout à Louis-le-Sage
Qui de Roi fit l'apprentissage
A l'école des longs revers.

A BLOIS ;

DE L'IMPRIMERIE DE P. D. VERDIER.

www.ingramcontent.com/pod-product-compliance
Ingram Content Group UK Ltd.
Pitfield, Milton Keynes, MK11 3LW, UK
UKHW020204080726
13614UKWH00006B/2616